KB080395

몽니다리 꽃잎과 도마뱀

라은채 시집

문학
바탕

아주 오래 전, 신동엽 시인의 아래 글귀에 매료되어 암담했던 청춘을 스스로 위로하고 위로받으며 하루하루를 견뎌냈던 적이 있다.

내 일생을 시로 장식해봤으면/ 내 일생을 사랑으로 채워봤으면/ 내 일생을 혁명으로 불질러 봤으면/ 세월은 흐른다. 그렇다고 서둘고 싶진 않다.

'시'와 '사랑'과 '혁명'이라는 자극적인 화두는 당시 지향점을 잃고 방황하던 내게 비수를 던지며 시도 때도 없이 공격해 왔는데, 흐르는 시간 속에서 서둘지 않고 천천히 지금까지 버텨왔다.

틈틈이 써 온 시를 모아 시집을 상재하기까지 20년이라는 시간이 흘렀다. 언어로 축적된 세월의 흔적이 부끄럽지 않길 바랄 뿐이다. 나를 사랑하고 내가 사랑하는 많은 분들께 고마운 마음을 전한다.

가을로부터 흘러온 상큼쌉싸름한 바람이 머리카락을 타고 내 목덜미에 내 가슴속에 부드럽게 녹아든다.

2019년 9월
라은채

목차

3부

작품해설

1부

주상절리에서 춤을

그것은 승자 없는 줄다리기고
광란의 멱차오름이고
잡을 수 없는 인연이었다

잘 숙성된 비릿함이 후각을 강타했지
그물에 걸린 물고기처럼 파닥거리던 심장은
돌기가 송송 솟아난 소름 돋은 심호흡을
왈칵 토해냈어

쏟아지는 파도의 구애를 긴 다리로
묵묵히 물리치며 서 있는 절벽

굽이치는 소금 바람에
부스럼처럼 달라붙는 지천명의 머리카락은
여전히 수평선에 닿기를 갈망하고 있다

여보세요
고도(Godot)는 결코 오지 않아요

삶은 습관처럼
욕망을 쌓아가는 게 아니라
그저 가슴에 엉킨

인연의 끈을 하나씩 끊어내는 것임을

몽니다리 꽃잎과 도마뱀

우기가 찾아왔다
칼춤 추며 부서지는 장대비

빗방울이 베란다 배관을 관통할 때
공포 영화 속 장면이 떠올랐다

지지직거리며 멈춰버린 엘피판을
다시 재생시킨다
생전의 네가
무척이나 좋아했었지

처연한 자태를 흘리며
힘없이 흩어지는 치자꽃
몽니다리 꽃잎에 시선을 뺏기며
뜨거운 커피를 넘긴다

쭉정이만 남은 추억은
참으로 한심하구나
흘러간 노래의 샛길을 따라
무참히 깨지는 바위 같은 기억
어설픈 의지는 이리도 어리석은데
사랑은 왜 이리 이기적인가

꼬리 자르고 잡아먹힌 도마뱀의 불운
매 순간 절박했고 한평생 고단했던 그대여

겹겹이 빗장을 채운 잔인한 기억은
단단한 지층을 깨고 해일처럼 몰려온다

하얀 꽃잎, 하얀 유골, 하얗게 흩어지는 환영

박제된 자화상

열차의 유리창을 관통한 육신은
박제된 화석처럼 음습하다

형벌 받듯 매달린 두 팔 사이로
어둠 속을 떠도는 아득한 시선

정신과 분리된 육신은
오랜 시간 동안
그 자리에 정지해 있던 것처럼
무표정하게 서로를 바라본다

유리를 통과한 육신이
최대한 예의를 지키며
서로를 바라볼 수 있는 최소한의 거리
도저히 합일할 수 없는 그만큼의 간격

곡예를 멈춘 광대처럼
박제된 형상은
시간의 광선을 뚫고
정신을 포박하고

어둠 속을

미라처럼 표류한다
흉흉한 시선

이상의 집

직관의 신경세포는 속삭였어
여자는 울고 있었고 철수세미처럼 엉킨 기억은
단절과 연속을 반복하며 더듬거리고 있었지
여보게 말이야 사실은
여자는 웃고 있었다는군

화상의 상처처럼
껍질을 벗겨낸 불균질한 시멘트벽에는
흑백 초상화가 걸려 있었지
회색 철제 의자가 덩그러니 놓인 둔중한 테이블 위엔
꺾어진 흰색 스텐드와 스러질 것 같은 목화솜의 엉성한 조합

엽서를 판매하던 여자는 양손에 턱을 괴고 있는데
음악은 흐르고 여자는 울고 있는 거야
익숙한 선율이 흐르는데 기억은 거기서 멈춘 거라네

어느 지점에서였나
늙은 여자의 눈물은 엉킨 기억을 뚫고
파도처럼 튀어 올랐어
눈물과 웃음의 지점에서
비탄과 환희의 경계에서
내 사유의 전령이 그렇게 속삭였던 거지

여자는 긴 손가락으로 눈물을 닦으며 웃고 있었네

이 모든 것이 환각일 수도
이곳에 왔다는 것조차 내 생애의 오류일 수도
이미 고전이 된 음악과 요절한 시인의 연애 풍문은
서촌 저잣거리에서
반복 재생되며 파열되고 있었지

뇌의 회로는 항상 이렇게 반응하지
망가진 도로에 발이 꺾이고
인도를 달리던 자전거에 부딪혀 넘어져도
앞으론 더 조심해야 해, 잊지 마

참말로 예측 불가능한
기억이라는 모순

남만서점

황소등가죽처럼 누런 서적들이
무덤처럼 누워 있는 그곳
해진 가방 하나 달랑 들고 포연 속을 헤치고
길을 떠난 자리에 당신이

음습하게 똬리 튼 먼지를 털어내며
에세닌 시집을 펼치자
검은 벌레의 부서진 사체가
가루가 되어 날아갑니다

즐겨 읽던 보들레르 시집은
표지가 톱니처럼 뜯겨 있군요
성벽도 와사등도 표제에 금박까지 입힌 화사집조차
아무것도 눈에 들어오지 않았어요 아무것도

입구 정면 벽에는 이상 초상화
슬픔이 뚝뚝 흘러내리는 저 우울한 눈빛
당신은 오래된 벗을 맞이하듯
반달눈을 가지런히 뜨고
치자꽃잎을 담은 하얀 얼굴로 나란히 있군요

은폐된 슬픔이 목울대를 흔들며

금방 재채기를 쏟아낼 것 같군요 아아

당신의 깊고 고요한 얼굴은 담담한데
헌사 표지의 화려한 문양은 먼지 속에서
묵묵히 주인을 기다리고 있는데
실내의 냉기는 구렁이처럼 흐물흐물
아가리 벌린 벽을 타고 싸늘히 흐르고 있네요

반나절의 반토막을 그렇게
차가운 벽에 기대어 있었습니다
발밑 모서리 거미줄에 흑거미 한 마리
죽은 듯 박혀 있는데
아 어쩌면 당신이
마음이 깊어지면 망상도 주정하나 봅니다

당신을 그리는 축제의 연가는 남쪽하늘을 적시는데
이곳은 여전히 소란스럽군요

나는 오늘도 쓰고 또 쓰면서
박제된 짐승 되어 말라버린 무처럼
누렇게 늙어가고 있습니다

망상 앞바다의 파도

육지를 향해 질주하는
검푸른 변주곡 너는

절망의 벽을 두드리며
울부짖고 있구나

발톱을 세우고 달려드는 맹수여
수억 개의 공포여
거품 가득한 이빨이여

유리 파편처럼 쏟아지는
광폭한 너울은
기억의 조각을 뚫고
성난 짐승처럼 맹렬히 튀어오른다

무장해제된 신경회로
찢어진 아가미 사이로 철컥
우르르 우르르

폐가에서 우울한 아침을

어둑새벽 빛살이 주정뱅이처럼 비틀비틀 창문을 두드릴 때

핸드폰 알람 소리에 기상하고 암막 커튼을 열고 커피 물을 끓이고 쌉싸름한 커피가 식도를 타고 흐르고 익숙한 맛에 무장해제 되고 스마트폰 음악 앱을 누르고 옛 노래가 흘러나오고 뱀처럼 갈라진 벽지 사이로 냉기가 스멀스멀 기어 나오고 친근한 노랫가락에 동공은 자석처럼 끌려가고 가슴엔 서걱서걱 서리가 쌓이고 통증으로 가슴이 울컹거리는

흉물스러운 폐가에 혼자 버려진 몹시도 쓸쓸한 아침

소리의 어떤 풍경

소리가 문을 밀고 들어온다
육신은 허우적거리며 손을 뻗는다
봄바람에 하늘거리는 실크 스카프처럼
스르르 풀리는 몸의 빗장
끈적한 혈관 속으로 콰르르 쏟아지는 수돗물 소리
무중력 상태의 몸을 감는다
머릿골에 딸칵 걸리는 압력솥 소리

또르르 구르는 아이 말소리
아빠, 밥솥의 추는 왜 딸랑거리는 거야?
아빠, 아빠는 이 세상에서 뭐가 젤 재밌어?
와, 아빠 짱이다
도담도담 흩어지는 웃음소리
소리는 비눗방울처럼 피어오르다
거품도 없이 사라진다

피아노 위에서
영원의 웃음으로 손짓하는 살구빛 볼 아이

중년의 남자가 둥둥 떠 있다
살갗을 갉아 먹고 꿈결처럼 스쳐 간 주름의 투혼
기억의 톱니를 밟는 시간의 기침 소리

나팔꽃 같은 청년이 눈앞에 나타난다

엄마! 그만 일어나세요

아침에 마시는 커피

냉기 서린 빛살이
내 영혼의 폐허처럼 눅눅히
눅눅히 퍼지는 창가에서
쌉싸름한 커피 한잔으로 시작하는 하루

첫사랑의 떨림으로
이별의 익숙함으로
혀를 감싸는 쌉쓰레함이 식도를 타고 내려올 때
신체의 온 감각기관이 반응한다

익숙함에 대해 생각해본다
오감을 자극하는 이 깊고 알싸한 향기가
입 안 가득 퍼질 때 솟구치는 희열

익숙한 것에 이토록 설렐 수 있는
정신은 무엇이란 말인가

삶의 모든 것은 우연일 뿐이라는
어느 철학자의 말을 떠올리며
관계에 대해 고민해본다

만남은 우연히 시작되고

익숙해지면 필연적으로 끝이 나는 것

그것은 아침에 마시는 커피처럼
아주 자연스럽고 일상적인
일이라고 위로해본다

하늘공원과 갈대바람길

희뿌연 갈댓잎 사이로
비릿한 내음이 묻어난다
길고 긴 오욕의 세월을 거슬러
바람결에 찾은 이곳

갈바람 소리에 마음 졸이고
일렁이는 강물의 물비늘에 눈물 흘렸을
잿빛 언덕의 지독한 우수
오랜 피고름의 세월을 견디고
힘겹게 봉합한 축축한 상처

산다는 것은
어쩌면 죽음보다 공허하고
때로는 사랑보다 부질없는
갈잎 사이에서 흔들리는 바람 같은 것

욕망을 다 태운 바람은
하얀 조팝꽃잎 떨구며 또다시 불어온다

대지와 천년 해후를 꿈꾸는
하늘억새의 기다림으로
오물더미 상처 위에 둥지 튼

맹꽁이 뱀딸기 무당벌레의 간절함으로

인생

시간의 광선은
수억 광년을 달려온 인연처럼

아무렇지 않게
우리의 육신을
쓰윽
툭
스치고
지나가지만

사유의 지평선에서
저울질하고
뒷걸음질 치다가
병들고
기억을 잃고

스르르
눈을
감는 것이다

어머니의 고갯마루

휘어진 등줄기 밖으로
세월의 분절을 잇는 인고의 소리가 흐른다
악보 속에 담긴 구도자의 근엄한 표정
망각의 시간을 거슬러
기억의 카테고리를
역주행하는 영원의 외침이다

대신할 수 없는 슬픔이
한겨울 밤의 폭풍처럼 몰려온다
손수건으로 눈물을 삼키는 딸을
무표정한 얼굴로 흘깃 스치며 노래하는 엄마
긴 잠에서 막 깨어난 듯한
멀고 먼 아득한 표정이다

저 옛날, 시장통에서 엄마의 손을 놓치고
엉엉 울었던 어릴 적 공포가
그 억제할 수 없는 일곱 살 적 설움이
시간의 격동을 끊고
회오리바람처럼 폐부를 급습한다

아 엄마엄마 우리 엄마

최후의 변

살고 싶었다
못난 놈
무능력자

호사가들이 붙여준 치욕스러운 수식어는
그래도 참을 수 있었다
처음 만났던 순간의 결연한 눈빛을 기억한다면

최고의 호의가 끔찍한 혐오로 돌아오고
처절한 절규가 그저 조롱거리인
거지 같은 세상의 한 귀퉁이를 붙잡고
항변하고 싶었다

고름을 짜낸 피투성이 삶이지만
더불어 살고 싶었다
욕망을 저울질하는 비루한 삶이라도
날개 돋친 듯 살고 싶었다

죽음은 먼 훗날 삶의 불꽃이 활활 타다가
육신이 스스로 제 기능을 다할 때 스르르
숨어드는 질긴 심지인 줄 알았다

고약한 알약이 식도를 타고 흘러
온몸을 태우고
두개골을 누르며 천길 땅속으로 밀어 넣을 때
생의 모진 인연마저 한 점 티끌로 소멸시킬 때
다가오는 소리
꼭 다시 만나요

그대는 행복한가요

톱밥처럼 하얗게 일어난 두 손을 비비며 달려왔지
꽁보리밥이 쌓여 있는 양은도시락에 시선을 모은 채
서서히 풀리는 얼어붙은 손

옷걸이에 걸린 주인 없는 옷처럼
헐렁한 어깨를 흔들며 단발머리를 흥얼거렸지
정갈한 교복에 가지런히 실핀을 올려 꽂은 단발머리 소녀들
검은 조개탄이 붉게 산화되고 있는
잉걸불 주변으로 와자지껄 모여들었지
살굿빛 두 볼에 발그레 피어나는 웃음꽃
서걱한 물고구마 베어먹던 물컹한 기억의 퍼즐 조각들
소녀는 눈을 감았지

행복의 무게는 시간의 속도에 역행하는 것
까마득히 지나온 시절에 대한 회상은
찢어진 벽지에 움튼 곰팡이만큼 성가신 것
주름진 얼굴에 번진 기미만큼이나 서글픈 것
푹 늘어진 노인의 눈꺼풀만큼이나 처량하고 불편한 것

강아지풀

길목에는 잡초가 무성하게 일어났어요
오랜 세월 풍화되어 쪼개진 돌덩이 사이로
작은 풀들이 푸르르 솟아올랐죠

입하도 소만도 지난 어느 날
미풍이 불고 가랑비가 내려도
어린잎은 경계를 놓지 않았어요

헤살 견딘 작은 꽃들이
함초롬히 의기양양 고개 들고 있을 때
가녀린 풀들은 가시처럼 삐죽

설움을 삭이고 있었죠
초라한 제 모습 달빛에 비추고 있었어요
털북숭이 얼굴 성글게 엮으며

어린잎들은 묵묵히 뿌리 내리고 있었어요
뿌리를 내리다가 내리다가 마침내
그대 가슴 깊이
산화되지 않는 오롯한 잎으로
여울여울 피어올랐어요

폭염 그 후

처서와 백로를 삼킨 대기의 위세는
살인적인 폭염을 불시에 제압했다

말라죽은 키 작은 나무 뒤로
하늘을 짐 진 활엽수 이파리 하나
바싹 마른 지렁이 사체 위로 떨어진다

길고 참혹했던 여름에 종말을 고하는
땅의 발 빠른 움직임

손등에 와 닿는 바람의 호흡은
무더위 폭압에 지친 육신을
어머니의 말랑한 젖가슴인 양 위로해준다
여우비의 전령처럼 날렵하게 스쳐 가는 손길

풍성한 수확 뒤 적당한 허기를
뜨거운 만남 후 목마른 이별을
공허한 웃음 뒤 치명적 고독을
비장하기에 더더욱
흔들릴 수 있는

반토막 난 하루의 끝자락에서

지금 막 내린 커피만큼이라도
향기로울 수 있다면
뼈마디 선명한 손을 내밀며 통곡하는
그대의 귓가에 다가가
바람의 입김만으로 속삭이기를

낯선 동행

검은 바탕화면에 촘촘하게 박힌
음울한 형체들

지하 터널을 달리는 열차의 창은
전원이 꺼진 모니터 같다
깊고 캄캄한 땅속 밀폐된 차량에서
낯선 사람들과 특정된 목적지를
향해 간다는 건
어쩔 수 없는 도전이고 모험이다

천적을 만난 짐승처럼 어깨를 움츠리며
가방끈을 힘주어 잡을 때
열차는 암막을 뚫고
강물 위 철교를 진입한다

순식간에 달려든 입체적 세상
시계추처럼 반복적으로 출렁이는 물결은
아우성치며 열차를 집어삼킬 것만 같다

팍팍한 긴장감이 가슴을 압박하고
야릇한 흥분이 강물의 공포를 압도하는

철교를 관통하는 단 2분의 시간
당산역 도착

빈 의자

검버섯 주름 미소를 짓던 노인이 있었어요
쇠코뚜레처럼 휜 허리를 나무 의자에 맡기고
짓무른 눈꺼풀로 하루의 반을 우두커니 지우고
감나무 사이 도형처럼 펼쳐진 작은 하늘 아래
백발이 성성한 졸음과 실랑이하며
나머지 반의 시간을 털어내고 있었죠

휠체어 할매가 이승을 떠난 후
의자는 세상과 소통하는 유일한 창이 되었다네요
하회탈 미소를 짓던
그녀의 아빠를 참 많이도 닮은 할배
여덟 살짜리 아들과 무뚝뚝한 남편도
마음을 다해 인사를 하곤 했다죠

며칠째 비어있는 의자
떨리는 그녀의 소리를 삼켜버린
경비원아저씨의 흐려지는 말끝

덩그러니 놓여있는 의자를 보며
그녀는 하염없이 눈물을 흘렸어요

초점 잃은 동공으로

뼈마디 손을 내밀던 아빠의 애절한 눈빛
그녀의 가슴을 타고
오장육부 속으로 흘러들었습니다

도시의 황혼

낙엽이 뒹구는
어스름한 저녁의 도시는
외줄처럼 위태롭다
차도까지 잠식한 낙엽은
몰락한 계절의 구토인가

이별한 이의 뒷모습처럼
초라한 가을의 끝자락에서
우리는 무엇을 준비해야만 하는가

지하도 앞
옷깃을 여미며 황급히 오가는 행인들
분주한 발걸음 사이로
찢어진 전단지 한 장 하수구에 목을 넣는다
길가 후미진 곳에 자리 잡은 사과 좌판
과일 장수의 앳된 얼굴 너머
문화센터 광고 현수막 바람 따라 흔들린다

불 밝히는 콘크리트 건물 전광판 아래
대형 커피전문점 조명이 던지는
광란의 신호탄

핸드폰 액정의 낯선 번호
멈칫하는 순간
사멸된 기억은
어둠 속에서 망사 커튼처럼
아파트 숲에 천천히 내려앉는다

오직 푸르른 그 말

변하지 않는 것이 있는 줄 알았습니다
고사목 가지처럼 말라가는 육신인 거지
정신이란 소멸하지 않는 광선인 것을

번뜩이는 정신은
사유하는 자의 고뇌 속에서
결코 닿을 수 없는 심연인 줄 알았어요

산책길의 흐드러진 들풀처럼
밟히고 뜯기는 육신일지라도
정신은 뿌리를 쉬이 포기하지 않음을
당신은 알고 계셨나요?

버리는 순간 망각의 순간에
비로소 보이는 물아의 경지

사유하는 자의 혈육의 정마저 끊어버릴 때
물의 알몸을 마주할 수 있는 것을
당신은 빈 몸으로 증거하고 계시나요?

뼈마디를 깎아내는 통증과
망각의 늪으로 침잠하는 기억과의 사투에도

앙금처럼 되새기는 말
우리 예쁜 강아지 사랑했다 사랑했어

2부

산티아고에 내리는 비

사랑은 없다고
사랑하는 자만 있을 뿐이라고 노래한
시인을 부정하던 때가 있었다

비 맞은 잡종견처럼
누렇게 들뜬 몰골로 거리를 배회하다
비닐 포대에 담긴 가랑잎의 최후

젤소미나 눈빛이
마른 은행잎처럼 마구 떨어져
심장에 내려앉는데
잠파노의 절규가
살갗을 뚫고 가슴 속에서
애벌레처럼 기어 다니는데

이미 나는 세월을 너무 먹어버렸지
사랑이라는 것은
사랑하는 사람은
애당초 존재조차 하지 않았던 거야

산티아고에 비 내리는 날
아옌데의 피에 젖은 육성이

비행기 폭격을 뚫고
네루다 가슴을 관통할 때도
그의 집을 압수수색 하던 음흉한 경찰은
알고 있었다

피보다 뜨거운 것이 있다는 것을
총알에 찢긴 종이는 가루가 되고 말았지만
그물망처럼 뚫린 가슴엔 여전히
뜨거운 것이 흘러넘치는 거야

가장무도회

축제는 끝나지 않았어요

뽕 내 맡은 누에처럼
무대 위를 핥는 가면

알랑쇠 무리가
춤을 춘다

똬리 튼 뱀처럼
곧추세운 머리를 흐물흐물

허릅숭이 가면 아래
불룩불룩 목젖을 씰룩거리며
춤을 춘다

기상천외한 구밀복검의 가면 놀이
예예 참으로 아름답군요

오장육부 속에 숨겨둔 칼날은
먹잇감을 향해 날을 세우고
현란한 춤사위
허공을 부유하는 교언영색

하아, 당신을 위해서라면
양심 따위는 시궁창에 버리겠어요

악의 평범성?
그들은 평범하지, 않았다

수산시장 왕게

순간, 더듬이를 널름거리던 녀석과 눈이 부딪쳤다
동족의 날 선 등딱지 위에 놋그릇처럼 포개져
눈알을 굴리는 동작만으로
살아있는 상품임을 증명한다

수족관 옆 전기 찜통에서 행해지는
죽음의 제의
살과 뼈가 통째 음식이 되는 도륙의 장터에서
바다의 온도를 갈망하는 몸짓은 오래전의 사치

저울에 측정된 살아있음의 무게는
인간의 탐욕을 위한 한끼 먹잇감이 되고
갑각류의 진한 살냄새 속에
다시 도살은 흥정 된다

해방을 맞은 찰나
생명의 위험을 직감한 것인가
불퉁한 껍질 위로 눈알을 튕기며
낚싯줄 같은 더듬이 필사적으로 날리던 녀석
상인 손에 잡혀 버둥거린다

벚꽃 유감

온 누리가 너로 인해 들썩하다 집 앞에도 하천 운동
길에도 남쪽 도시도 꽃소식으로 가득하고 지금 걷
고 있는 이 공원에도 꽃노래가 흐르고 꽃잎이 하염
없이 날리고 나들이 인파가 모여들고

꽃이 무슨 죄가 있겠냐마는 꽃을 온전히 꽃으로만
즐길 수 없는 이 씁쓸함

벚꽃, 너는 죄가 없지만 이 땅을 가득 메운 너의 순
진한 자태는 참으로 유감이로구나 가냘픈 꽃잎 뒤
에 숨어 영혼을 야금야금 갉아먹는 자들, 그들이 가
면을 벗고 두 손 모아 고개 숙일 때 나는 너를 꽃으
로 볼 수 있으리라 비로소 너를 보고 웃어줄 수 있
으리라

수행의 시작

가라, 암흑이여
사유하는 자여

몸통은 발톱을 숨기고 궁싯궁싯 기어 온다
폐부를 찌르는 위압적인 검은 덩어리
어둠의 벽에 고립된 육신은
언어의 꼬투리를 찾아 위태롭게 버티고 있다

활자를 갉아 먹고 퇴적되어 가는 묵직한 기억
안구를 짓누르는 둔중한 눈꺼풀을 중지로 꾹꾹 눌러본다

두려운 것인가
미완의 단어를 할퀴며 피투성이로 살아온 시간은
여전히 위협적이다

한순간 짧은 광선이 어둠을 낚아챈다
비단뱀의 비늘처럼 사납게 날 선 두개골을 찌르는 냉기

고행이라 토해낸다
흩어진 오자의 공격으로 토해낸 활자의 행렬
다시, 시작이다

우수

문틈으로 찾아온 여명은
선잠을 깨우고
하루의 궤도를 알린다

대기에 가득한 축축한 기운
꽃밭 가득 영글던
붉은 꽃잎의 때 이른 낙화는
못다 한 청춘을 기리는 넋인가

봄바람 품으로 파고드는 날
그 절멸의 고통에
가슴 속 상념은 깊어지는데

하, 사람에게는
망각이라는 선물이 있음을

산다는 것은
이다지도 쓸쓸한 것이냐

통곡의 그날

만물이 호흡하는 생성의 계절인데
가슴에 패인 상흔은 붉어만 간다

한 치 앞을 볼 수 없는 칠흑 같은 어둠
사지는 마비되고
오장육부는 천 길 나락으로 떨어진다

우 산다는 것은 이토록 잔혹한 것인가
검푸른 풍랑 속으로 사라져간 아이들
그 처절한 외침을 단숨에 삼켜버린
탐욕의 손길
태만의 검은 피
그들은 철저하게 잔인했고
한없이 비열했다

살아가는 것이 형벌인 오늘
우리 눈과 귀는 망각의 너울을 쓰고
이제 곧 전설이 되어버릴
꽃 같은 청춘이여

사월의 대지는 눈부시게 타오르는데
우리는 다시 뜨겁게 살아갈 수 있을까

유리벽

여자는 어둠을 밟으며 바삐 걷는다
다가오는 검은 물체
흠칫 놀라 사방을 둘러보지만
싯누런 하현달과 가로등뿐이다
어둠을 움켜잡고 뛰듯이 걷는 여자
가까이서 들리는 낯익은 소리
멈칫한다
해사한 미소로 다가오는 물체
웃는 입술 사이로 날카로운 이빨이 번뜩인다
여자의 얼굴에 입 맞추는 물체
타오르는 눈빛, 아 야수같이
몸속 에피네프린의 부산한 움직임
살갗을 뚫고 피가 흐른다, 하아 메피스토펠레스
상처를 감싸 안고 달린다
세포 가득 침투하는 맹독의 기운
호흡을 가다듬으며 물체를 향해 가격한다
웃고 있는 익숙한 눈빛, 하아아하아
피를 토하며 쓰러지는 여자
파르르 떨리는 불빛, 정적

손바닥 세상

베란다 창을 통해 보이는 세상은
패널 위 플라스틱 모형처럼 작고 엉성하다
보행하는 사람들의 느릿한 움직임
우중충한 대기 사이로 모가지 트는
매미의 울음소리는
수면 속의 삶을 시간 밖으로 끌어낸다
쓰레기 수거차의 굉음
자동차 엔진소리에 엉켜버린
아이들의 웃음소리
베란다 배관을 쳇바퀴처럼 관통하는
에어컨 실외기 물소리는
사유의 체계를 마비시킨다
유리창 너머
나의 눈길이 닿지 않는 세상은
얼마나 빠르고 크고 복잡한 것인가
보이지 않는 세상은
얼마나 팍팍하고 위태로운 것일까
얼마만큼 더 강인하고 냉혹해져야
견딜 수 있는가 우리는

목련꽃 너머 아득한

그 소리, 공명의 꿈길 너머 아득한
익숙하게 퍼져가는 긴 호흡

시멘트 난간 위로 은근히 움튼 목련꽃 봉우리
찬바람 모진 풍파 알몸으로 견디고
순백의 인연을 터트리는 뭉근한 속살거림

화려한 계절의 풍만한 자태는
잠자는 대지를 깨우고
대기에 스며드는 익숙한 화음

시간을 채찍질하는 소리, 그 소리
잊고 있던 기억의 뇌수를 툭 치며
겨우내 굳어있던 심장을 두드린다

꿈결인 듯, 실존인 듯
몸으로 온몸으로 다가오는 소리
순간으로, 아스라한 영원으로

눈의 서시

어둠이 쓸고 간 혼탁한 거리에는
시름에 겨운 그들을 조롱하듯
큰 눈이 쌓여만 간다

바람의 미혹에 거침없이 흩어지는
눈의 입자
과욕을 털어내라

병든 도시를 불시에 삼켜버린
광폭한 눈발

시작이 있으면 끝도 있는 법이지
앞선 이가 남긴 흔적을 따라
새벽길을 나선다

광활한 지구의 중심을 향해 던지는
미세한 신호

험난한 길을 힘겹게 찾아올
또 다른 그들을 위해
지금 초라한 발자국 하나 남기고
먼 길을 떠나야 한다

단단한 지층을 뚫고
천천히 녹아드는 눈발
잡을 수 없지만 결코 놓을 수도 없는
살갗을 찌르는 눈의 산란

블라인드

낙엽이 쓸고 간 아스팔트 한옆에
깡통처럼 웅크린 고양이 한 마리

전기난로를 켠다
덜컹거리는 가슴을 붉은 온기로 활활 채운다
온몸의 혈관이 타오른다

자석처럼 끌어당기는 고양이 눈초리
유리를 관통하는 행인의 무심한 시선
블라인드로 덮어버린다

사방 벽으로 꽉 막힌 공간에서
누릴 수 있는 자유
해답은 자유다

막 구운 폭신한 빵과 함께
뜨거운 커피 한 모금 흘려보낸다
무장해제된 말랑한 시간

방 한 칸의 온기만으로
이렇게 뜨거울 수 있는데
나는 무엇을 위해

길고 긴 터널 속에서 서성이고 있는가

심지를 달군 불빛 속에 초점이 흔들린다
견고했던 내 삶이 통째 흔들린다

물의 언어 그리고

수직으로 낙하하는 대기의 구토에
지표 한쪽이 고름을 토해낸다
보도 위로 구슬처럼 쏟아지는
물의 언어들
지축을 향해 소리치는 마법의 파편은
깊은 수렁에 빠진 기억을 끌어당긴다

주사위를 던져본다
물방울에 부풀어 오르는 둥근 점자
운명론자를 조롱하며
거미줄처럼 흩어진 마음에
주술을 걸어본다

사시나무처럼 떠는 심장의 파열음
우산대를 잡은 손등의 핏줄이
실지렁이처럼 올라와
갈기갈기 목울대를 자극한다
찢어진 살점에 흐르는 선혈인 듯
삽시간에 젖어 드는 겉옷 자락

우후 인제 그만 행복해지세요
오장육부를 관통하며 튀어나오는

위태로운 휴화산의 움직임
피투성이 삶에 건네는
최후의 주문이었다

딱정벌레 이야기

안방 문을 열던 차 여사
전등 밑에서 푸드덕거리는 물체에 소스라친다
파리채를 찾아 사정없이 베란다로 몰아낸 후
창문을 닫아버린다
가슴을 쓸어낼 새도 없이
베란다 등 밑에서 원을 그리는 녀석 발견
밖으로 통하는 방충망을 재빨리 열어놓지만
오줌 지린 아이처럼 갈팡질팡하는 녀석
나갈 기미가 안 보이자
방충망 문을 닫고 거실로 들어온다

새벽 알람 소리에 벌떡 베란다로 향하는데
능구렁이 앞의 개구리처럼 바닥에 납작 엎드려 있
는 녀석
한숨을 토하며 혀를 차던 여사
간절한 마음으로 파리채를 내민다
엉금엉금 기어 오는 녀석
오호라 튀어나오는 감탄사를 깨물며
올라오는 곤충을 자세히 들여다본다
날씬한 허리 긴 날개 제법 멋진 모습의 딱정벌레다
파리채를 창밖으로 내밀며 날아가기를 기다렸으나
꿈쩍도 안 한다

채를 살짝 기울여 보았으나 꽉 버티며 다시 위로 올
라온다
허어 참 녀석 혹시?

채를 두 손으로 마주 잡고
거실로 들어오는 여사
적의 감시를 피해 부상병을 안고 가는 병사처럼
천 리 길인 듯 가슴 졸이며 현관으로 걸어간다
일각이 여삼추 머리카락이 곤두선다
녀석은 옴짝달싹 안 하고
손바닥만 한 구조선에 잘도 붙어있다
천신만고 끝에 현관 도착
문을 열고 복도 난간에 채를 올려놓자마자
빛의 속도로 날아가는 녀석
오구오구 귀여운 것
아뿔싸! 사진 한 장 찍어두는 건데

타인의 소리

내 앞에 있는 당신
깊은 두 눈에 고인 눈물을
보지 못했습니다

사랑하지만
사랑할 수 없다는, 절규
모르겠습니다

지구 저쪽에서는
광란의 살육으로 피바람이 불고
이쪽 하늘 아래는
공소한 사유로 소란스러운데

내가 아는 것은
아무것도 할 수 없다는 거

내가 사는 이 땅은
땅값이 금값
발 디딜 틈이 없는데
곪아가는 도시를 부여잡고 포획하는 희극
그 품에 안겨서 사위어 가는 당신

내가 할 수 있는 것은
당신을 사랑하는 것뿐
아무것도 할 수가 없습니다
나는

낙엽수에서 당신을 찾다

이 길에 들어서면
말갛게 속살을 드러낸 늙은 낙엽수가 생각나요
하 세월 통증을 무성한 이끼만으로
인내하는 통한의 님이여

미처 물들지 못한 한 점 잎새까지
계절의 토양 속으로 에둘러 보내며
혹한의 바람을 맨몸으로 견디는 순결한 투혼

당신의 웅숭깊은 격조를 기억합니다
당신의 헌신을 애달파합니다
주검의 포연 속에서 장렬히 응전했던
피투성이 당신

암울하고 급박했던 통탄의 나날
의를 향한 뜨거운 칼날
참을 위한 불굴의 총탄이 살아서 꿈틀거립니다

굶주린 승냥이 떼와 함께 하기엔
눈부시게 결 고운 혼
고난의 시대에 찬란히 우뚝 선
보이지 않는 뿌리로 남길 원했던

서릿발 같은 기개
아름다운 당신을 사랑합니다
고독했던 당신을 그리워합니다

가을 편지

너는, 눈부신 햇살과 현란한 단풍으로
내 마음을 잡아놓더니
송곳 바람으로 처참하게 조각내는구나
소슬바람에 소낙비처럼 쏟아지는 가랑잎들
이 존재의 공허한 광란은
내 사유의 매듭을 풀어 놓는다

그래도 네가 좋다
화려함 뒤의 긴장과 고독을
그 처절한 모순을
너에게는 절정에서 내려올 줄 아는
치열한 미덕이 있거든

이제는 이별할 시간이다
언젠가, 아릿한 그리움으로
눈가가 흐릿해질 때
그때 고뇌하는 모습으로
다시 찾아오려무나

그리고 기억해 줄래?
지독한 고독과 사투를 하며
너의 모든 것을 느끼고자

필사적으로 살고자 했던
한 사람이 있었다는 것을

공명심을 향한 욕망도
시간의 물결 속에 접어놓고
묵묵히 나의 삶을
온전한 나의 삶을
살고자 했던 이 사람을

해바라기 꽃잎 되어

그래 그때였지
잘 손질된 머리칼 위로
북악산 먼 하늘 서릿발 기운 흐르는

웃자란 줄기 위로 올올히 품은
넘늘대는 꽃잎 사이로
긴 하품하는 햇살

하늘 향해 까치발 세운 줄기 너머
카푸치노를 마시며 산책하던
그때였다

두 눈은 웃음 가득 빛이 났고
씨앗을 말하는 둥근 입술은
환희의 선율로 가득했다

세상의 풍랑 속에서
때로는 부딪히고 넘어지고
살갗이 찢겨도
가슴에 생채기가 파여도

이 길을 기억한다면

괜찮아

고난을 견딘 자만 채울 수 있는
채운 자만이 비울 수 있는
꽃잎의 겸손을
말라버린 꽃잎 아래 더욱 영글어 가는
웅숭깊은 씨앗의 미덕을

너이기에 너였기에

뜨거운 것들에게

일기예보를 검색하며
현관문을 나서는데
번갯불에 허둥대던 은행잎
비바람에 회오리치며 파르르 떨어진다

가슴 깊이 웅크려 있던 뜨거운 조각들
미처 전하지 못한 온기를 남긴 채
부러진 손톱처럼 잘려 나간다

연약한 것들이 일어나는 것은
초라한 것들이 달려오는 것은

집안 곳곳 휘장 친 먼지더미에 목숨을 맡긴
거미에 대한 배려 같은 것
녹슬지 않은 영혼을 위한 숨고르기

가을과 겨울의 가파른 경계에서
냉혹한 계절의 등선은
빠끔히 얼굴 내밀며 제 할 일 하는데

오랜 시간이 흐른 뒤에도
가슴 속에서 끄집어낸 누추한 것들이
이토록 뜨거울 수 있다면

눈 내린 겨울 산

소란스런 자여
걸음을 멈추라

대설이 휩쓸고 간 겨울 산은
더할 수 없이 비장하다

붉은 속살 위로
눈 무더기를 오방지게 덮어쓴 채
한 치의 틈도 주지 않는다

귓바퀴에 엉키는 눈 결정의 소릿결
한 겹 두 겹 지층을 덮는 음빛깔은
칼바람 혹한조차 잊게 한다

비겁한 계절에도 영화는 있었던가
있었다 해도 묻지 마라

된서리 가지에서 빛을 뿜어내는 얼음꽃은
완전한 경이로움

3부

화요일엔 비

살갗을 스치는 빗방울에
마음이 후드득 녹아내리는 건
이미 지나가 버린 시간 때문은 아니지

아직 채 마르지 않은
운동화 끈에 남아있는 얼룩
세월의 무게가 이끼처럼 엉켜있는
고단한 삶의 흔적 때문도 아니지

끊어진 인연의 실을 엮듯
누렇게 탈색된 비에 젖은 운동화를
닦아주던 느린 손길
이미 열정을 상실해버린 내 눈빛을
두들기는 메마른 손길
담담하던 그 손길 때문만은 더욱 아니지

우술우술 떨어지는 가랑비에
슬픔이 강물처럼 차오르는 건

비 내리는 화요일을 기다리는
무의지적인 기억

삭제된 기억 속에 파문을 그리며
달맞이꽃처럼 볼 밝히며 떠오르는 그 미소
첫 만남의 그 미소 때문인 거지

파리에서 별리

그 여자 상드,
거리는 인적이 끊겼고
어둠만이 음울한 거리를 포박하고 있다
그녀는 알 수 있다
절망 속에서 흘린 눈물의 견고함을
통증이 쓸려간 뒤에
더욱더 깊어지는 눈빛이 있음을
그녀는 또한 알고 있다
사랑보다 귀한 이별이 있음을
이별보다 고통스런 삶의 파고를

그 남자 뮈세,
눈꺼풀을 떨며 힘겹게 손을 내민다
초점 잃은 동공에 각인된 검은 옷자락
마른 입술 위로 흐르는 눈물
현재가 고통스러운 건 통제하지 못한 욕망 때문이지
사랑이 무의미해서가 아니야
전부를 가질 수 없다면 모든 것을 포기하겠다
이마를 찌푸리며 다가오는 그녀
천길 수렁 속에 빠진 사람만이 가질 수 있는
쓰디쓴 눈빛이다
작별할 시간인가

그녀의 차가운 입술이 이마에 닿을 때
혼이 빠져나감을 동물적 직감으로 느낀다

뮈세, 이제 가야 할 때
황량한 벌판 가시밭길에
혼자 버려진다 해도
속박의 사슬을 벗을 수 있다면
그 길을 가겠어
너를 잃고 얻는 자유일지라도
나에게 주어진 생은 순간이고
사랑은 대기 속으로 흩어질 테니

조팝꽃 떨어질 때

이곳에 오면
바닐라향이 피어난다
이제 막 사랑을 시작한 연인들처럼
몽글몽글 터지는 꿈결 같은 이파리
알알이 흩어지는 팝콘 같은 꽃잎
언젠가, 아스라이 꽃잎 지는 날
내 심장을 파고들던
그 화사한 웃음처럼
달콤한 그 속삭임처럼
대기 중에 녹아드는 가녀린 춤사위여
미완의 사랑이여
오늘도 나는 순백의 가슴으로
또다시 이곳에 온다
기억하는가 너는
솜사탕 같은 하이얀 꽃잎의 사랑을

비 오는 밤 동백꽃잎처럼

톱날 같은 바람이
뜯어진 유리창 실리콘을 타고 흐른다

커피포트 물이 수증기를 뿜으며
준비된 신호를 보낼 때

쥐가 난 맨발을 끌며 오래된 테이프를 틀었다
흘러간 노래가
비 오는 밤 동백꽃잎처럼 무참히 떨어져 내린다

"소중한 그대에게 드립니다"

정지된 활자는 망각의 벽을 뚫고
무심한 가슴에 구멍을 낸다
단단한 의지는 홍수의 급류에 저당 잡힌다

가슴에서 소용돌이치는 성난 파란
시퍼렇게 뒤틀린 맨발의 경련

두물머리에서

아주 오래된 연인의 모습처럼
마주 보며 속살거리는 강물은

마음 저 깊은 곳에서 잠자고 있는
시퍼런 혼불을 쏟아내는 것만 같다

언제나
시작점에 선다는 것은
미지의 세계에 대한 불안과 공포로
살얼음을 밟는 것

이 길 어딘가에서 기다리고 있을
아름다운 그대의 뜨거운 손길에
그 끝을 알면서도 멈출 수가 없는 것

이 작고 고요한 물길이 한결같이 흘러
깊고 푸른 바다가 되듯이
그대와 인연도 멈출 수가 없는 것

윤슬 일렁이는 강가에 서서
수백 년 세월을 한순간처럼
견디고 또 견디었을

저 높고 넓은 느티나무처럼

첫사랑 법칙

치명적으로 찾아왔다
유월 어느 날
골목 한 귀퉁이 담장 옆에서
만개한 장미보다 눈부신 몰입으로
장미 가시 사이로 위태롭게 젖어 드는
소낙비의 광기로
도시 한가운데 무방비로 쏟아지는
장대비를 맞을 때의 혼란으로

찾아왔다
한낮의 양철보다 뜨거운 심장으로
집중된 사유에 폐부가 타들어 가는 격정으로
녹음 짙은 숲길에서
자전거 페달 밟을 때의 탄성으로

찾아왔다
질투보다 사나운 냉기로
파르르 떨리는 눈꺼풀 사이로
속절없이 스러지는 기억의 편린이여
꿈결인지 실존인지 아련한
시나브로 멀어지는 흑백의 그리움이여
조용히 소리치는 피맺힌 이름으로

고하노라
내 청춘의 헛헛한 기록이여

광화문 별리

헐벗은 잔가지의 움직임이
낯익은 얼굴로 피어날 때
손등을 스치는 바람의 소리가
굵은 중저음 되어 뇌수를 흔든다

몹시 지친 초겨울 어느 날
때아닌 눈 소식에
광화문 거리를 걷고 있었지

이미 손을 떠난 지폐처럼
허공을 떠돌던 눈의 입자는
익숙한 형상이 되고
능란한 음표가 되어
움츠린 어깨에 떨어져 내렸지

옷깃을 여미는 푸른 손등에
거품처럼 내려앉은 눈꽃

오랜만이에요

송이송이마다 떠돌던 추억의 기표는
내 귓가에 심장에

도둑비처럼 흘러들었지

어린 시절 동네 무허가 공장에서
무지막지하게 쏟아버린 폐수처럼
집 앞 개천에서 찐득찐득 썩고 있던
그 검은 기름 떼처럼

천천히
부표하고 있었지

연리지

오직 선이라 믿었던 남자의 추악한 추락을 보았을 때
침묵하던 여자의 창백한 방황도 막을 내렸다

지루한 우기 끝에 찾아온 해후는
나프탈렌 냄새가 후각을 찌르는 철 지난 옷을 입은 것처럼
고루하고 우스꽝스럽다

곰팡이처럼 급속히 퍼져가는 집요한 상념
독버섯 같은 화려한 고백은 눅눅한 습기 속에 흩어지고

덫에 걸린 야수의 피맺힌 포효
크로노스의 광기를 품은 남자의 사나운 열정도 끝이 났다

가을 존재 이유

창살에 떨어지는 금빛 햇살이 아름답습니다
갈바람에 푸르르 날리는 단풍이파리
그 소슬한 움직임
가을의 음색이 살갗의 기층을 뚫고
폐부 속으로 스며들어옵니다
가을이, 존재하는 것은
깨질 듯이 시린 쪽빛 하늘 때문인가요?
찬란히 산화하는 단풍의 사유 때문인가요?
정녕 가을이 존재하는 이유는
낙엽과 함께 쌓여가는 그리움
앙상한 나목과 함께 호흡하는
대지의 고요한 기다림이 있기 때문입니다
당신을 사랑하는 한없는 마음이
그곳에 있기 때문입니다

층층이꽃과 제비둥지

언제부터였을까
기억은 나지 않습니다

어둠이 층층이꽃처럼 내리는
고궁 담장 모퉁이를 돌고 또 돌고
바닐라 향기를 찾아 풀잎을 밟고 밟으며
세월이 흐르기만 손꼽았던 나날들

주술처럼 토해내는 이름 위로
바람만이 무심히 불어옵니다
두 눈을 감고 그려봅니다
눈 코 입, 또 눈 코 입
형체 없는 얼굴은 유령처럼 왔다가
미궁 속으로 사라집니다
폐부를 압박하는 수만 개의 번뇌 속에
허공을 표류하는 신기루 사랑
커다란 돌덩이가 쿵 떨어집니다

빗장 채워진 고궁 문 사이로
두드러기처럼 퍼지는 천근같은 침묵
황급히 발길을 옮기는 갈색옷자락 뒤로
둔중하게 흩어지는 구둣발 소리

문자메시지

꽃잎이 거리거리마다
하늘하늘 피어날 때
눈앞을 찌르는 선연한 이파리는
정녕 그대의 전령인가요

천 리 길인가요?
만 리 밖인가요?

아 아니에요
한 뼘 옆에 있는 듯
살짝 귀 기울여 보아요

아릿한 그대 모습
그대로의 숨결
나풀나풀 꽃 이파리 되어
가슴을 파고듭니다

남쪽 지방 꽃소식에
우체통을 열어보고
문자메시지 확인하고
공연히 가슴을 쓸어내립니다

사랑의 중력

너를 보내는 내 마음은
분명, 내 마음이 아닌 거야

거리를 메운 인파 속에서도
너의 모습 보일까 서성이고
스쳐 가는 낯선 목소리에도
흐르는 눈물 한줄기

내 마음은 아니야
정녕 나일 수가 없지

너를 향한 진실이
어둠을 뚫고 정적을 깨고
밤하늘의 불꽃처럼
눈부시게 타올라
어쩌면 바람 타고 흘러가
네가 잠들어 있는 창가에
붉은빛을 안겨주기를 바라지만

우우, 나는 아니야
역시, 내 마음은 아니야

처절한 백지의 시간이여
다시없을 금빛 청춘이여
지금도 나는 마음 한끝에 칼날을 세우고
대못 박힌 손으로 창을 닫는다

금주 선언

보고 싶은 얼굴이 있어
만날 수 있을까
술, 한잔 마신다

사랑하는 얼굴이 있어
고백해볼까
술, 한잔 마신다

영영 못 잊을
그리운 그 얼굴
잊어볼까
술, 한잔 마신다

알콜 40도의 투명한 액체는
식도를 타고 흘러흘러
온몸의 세포에 불을 지핀다

뒤틀린 장기의 반란
죽음의 문턱에서
금주 선언

코스모스 인연

외딴길 한여름 폭염 속에
끊어질 듯 피어난 코스모스
반가운 마음에 한걸음에 달려간다

연분홍 꽃길 사이사이로
쌓이고 밟힌 첩첩한 사연
어렴풋이 스치는 너의 잔영은
창백한 가슴을
진홍빛으로 물들인다

꽃잎 옆에 이만큼 있으면
볼 수 있을까
아, 차라리 코스모스 되고 싶어

목마른 계절이 오면
무상한 인연 마음에 새겨 넣고
언제 다시 만나려나
사랑스런 코스모스여

사랑의 문법

이제 그 사람은 가고 없다
얼굴도 기억나지 않는다
남아있는 것은 두 눈가에 선연한 주름뿐
사랑이라는 원죄가
나를 형틀에 가두고
끊임없이 고문하고
철저하게 자아를 분열시킬 때도
내가 사랑한 사람은
나를 사랑한다는 그 사람은
어디에도 없었다
설령 사랑하는 그 사람이
사랑이라는 이름으로
다시 나를 찾아온다 해도
나는 그를 기억 못 할 것이다
사랑이라는 단어는
나의 심장을 헤집고 들어와
마침표를 찍고 방향을 잃고
끝내 시뻘건 핏방울로 삭제될 테니

여우비

너는 새봄의 풀잎과 함께 다가왔다
삼월 작은 햇살을 먹은 새싹이
막 손을 내미는 날
그 초록빛 새순의 천진함으로 찾아왔다
싱그러운 너의 몸짓에
대지는 부르르 몸을 틀고
새싹은 온 힘을 다해 젖어 들곤 했다
부드러운 속삭임은
마른 나목조차 물결치게 했고
새싹이 주는 희망만을 기억하게 했다
두 손을 뻗어 살포시 너를 안고 있으면
세상의 온갖 시름 하염없이 사라지고
죽음조차 아득해지곤 했다

구봉도에서

시계의 초침을 되돌린
그날의 찬란한 해후
구봉도의 황금빛 햇살 아래
앙그러진 은빛 모래알처럼
함께여서 더욱 빛나는 우리

시간의 긴 사슬도
우리의 기억을 묶지 못했고
누렇게 탈색되고 금이 간
사진 속의 얼굴들은
복사꽃처럼 화사하게 피어난다

마주 보는 순한 눈빛만으로도
서로를 이해할 수 있었고
고단한 삶의 무게를 내려놓을 수 있었다
하얗게 밀려오는 수면 위로
쏟아지는 웃음소리 웃음소리

흐르는 시간 속에서
변하지 않는 것은 없지만
세월의 거친 풍파에도
삭지 않고 영글어가는 것이 있으니

오 사과향기 가득한 벗이여
섬광처럼 눈부신 우리의 우정이여

추억의 변증법

취객이 쏟아놓은 토사물을 피해
옆길로 발을 돌리자
고양이 두 마리 누워있다

햇살이 부서진 유리처럼 쏟아지는
조각난 거리
흐드러진 봄꽃의 개화를 본다

마른 대기 속으로 퍼져가는 번뜩이는 광기
코트 깃을 여민다
갈색고양이 한 마리 벌떡 일어나
따발총 같은 괴성을 지른다
멈춰버린 발길

독기를 뿜던 고양이
제짝을 따라 골목 모퉁이로 사라진다

지나간 추억이
모두 아름다운 건 아니지

까치발로 창문의 먼지를 닦으며
소월을 노래하곤 꽃같이 웃었다 했지

흐릿한 백열등 아래
파랗게 얼어버린 손가락으로
헤르만헷세의 책장을 넘기며 밤새 편지를 썼어

그리워서 추억하는 건 아니라는군
그저 옛새김밖에 할 게 없으니
기억마저 저버리기 전에
돌아갈 길이 없으니 마냥 추억하는 것일 뿐

감수성의 통합과 야성적 상상력

김영철(문학평론가, 건국대 국문과 명예교수)

1. 원숙의 시경(詩境), 시단의 신성(新星)

　라은채의 첫 시집『몽니다리 꽃잎과 도마뱀』이 우리 시단에 고고성을 터뜨렸다. 첫 시집이 분명한데 읽어 갈수록 원숙한 시경이 현란하게 펼쳐진다. 시집을 펼치면서 미당의 '인제는 거울 앞에 선 내 누님같이 생긴 꽃이여'라는 시구가 자꾸만 떠올려지는 이유는 무엇일까. 젊은 날의 번뇌의 뒤안길을 서성거리다가 성숙한 영혼이 되어 거울 앞에 선 누님처럼 원숙미, 완숙미의 진경(眞境)을 이 시집에서 만날 수 있기 때문이리라. 첫 시집이로되 원숙한 누님의 시집처럼 우리에게 와 닿는 것이다.

　라은채의 시들은 군더더기 없는 명징한 시어로 세공(細工)의 그물을 짜서 저 심연 깊숙이 드리워진 삶의 진실과 존재의 근원을 촘촘히 건져 내고 있다. 시인의 시혼(詩魂)의 두레박은 현실 저 너머,

현상 저 멀리 이상과 본질의 세계에 드리워져 있다. 홍진(紅塵)의 티끌을 털어내며 순수하고 순미(純美)한 영혼의 심영(心影)을 부조(浮彫)하여 참다운 삶과 진실한 인간조건의 초상화를 직조(織造)하고 있다.

사회의 구조적 모순과 비리를 간파하되 내재화된 정제의 언어로 빚어냄으로써 엘리엇(T.S Eliot)이 지적한 '사상을 한 다발 장미로 그려내라'는 미적 명제를 실천하고 있다. 이념과 사상이 아니라 미적 통로를 여과한 순정한 언어를 빚어냄으로써 감성적 효과를 증폭시키고 있는 것이다. 말하자면 라은채의 시들은 수용미학적 효과를 십분 거두고 있다. 특히 시인의 시적 전략인 감수성의 통합은 거칠고 조야한 현실과 현상의 티끌을 걸어 내고 수증기처럼 명징한 시성(詩性)을 전파하는데 효과적이다. 절망과 비극을 노래하되 꽃 한 송이의 향기와 커피 한잔의 미향(微香)이 스며들게 함으로써 아름다운 희망의 무지개를 바라보게 하는 것이다.

하지만 때로는 거친 시어와 폭력적 이미지를 동원하여 현실의 잔인함과 존재의 잔혹함을 여과 없이 드러내기도 한다. 시들을 읽다보면 이 시가 여성의 시인가 의심이 들 정도로 거칠고 파괴적인 이미지가 현란하게 펼쳐진다. 근육 감각적 이미지, 역동적 이미지에 토대를 둔 야성적 상상력이 라은채 시의 근간을 이루고 있다. 이는 분명 감수성의 통합이라는 특징과 상반되는 야누스적 풍경이다. 이 시집에는 부드러운 여성성과 야성적인 남성성의 두 얼굴이 함께 공존하고 있다. 그리고 그 상반된 두 얼굴은 시적 진실에 접근하기 위한 라은채 시의 방법론적 무기가 되고 있다.

2. 관상학적 인식(physiognomic method)

베르너(H. Werner)는 시의 인식방법으로 관상학적 방법을 들고 그 특징을 물질적인 것과 정신적인 것의 동일시, 대상과 시적 자아와의 동일시로 설명한 바 있다. 이 방법은 대상을 물질적인 패턴으로 인식하는 것이 아니라 그 대상에 자아를 투입하여 감정이나 분위기 등 정신적인 차원으로 해석하는 것이다. 바슐라르(Bachelard)도 상상력을 형태 상상력과 물질 상상력으로 나누고 물질 상상력을 정신적 패턴으로 대상을 인식하여 형태의 저변에 깔려 있는 대상의 본질을 꿈꾸는 것으로 설명한 바 있다. 이와 같은 관상학적 인식방법, 또는 물질 상상력의 방법이 라은채 시창작의 기본 상상력으로 자리 잡고 있다.

그것은 승자 없는 줄다리기고

광란의 멱차오름이고
잡을 수 없는 인연이었다

잘 숙성된 비릿함이 후각을 강타했지
그물에 걸린 물고기처럼 파닥거리던 심장은
돌기가 송송 솟아난 소름 돋은 심호흡을
왈칵 토해냈어

쏟아지는 파도의 구애를 긴 다리로
묵묵히 물리치며 서 있는 절벽

굽이치는 소금 바람에
부스럼처럼 달라붙는 지천명의 머리카락은
여전히 수평선에 닿기를 갈망하고 있다

여보세요
고도(Godot)는 결코 오지 않아요

삶은 습관처럼
욕망을 쌓아가는 게 아니라
그저 가슴에 엉킨
인연의 끈을 하나씩 끊어내는 것임을

-<주상절리에서 춤을>

주상절리는 마그마의 냉각 현상에 의해 생긴 기

둥절벽이다. 그 절벽에 파도가 '굽이치는 소금바람'과 함께 맹렬히 부딪치고 있다. 하지만 기둥바위는 꿈쩍도 하지 않은 채 버티고 서 있다. 이러한 자연 현상에서 시인은 인간적 의미, 곧 끈질긴 인연과 습관적 욕망에 얽힌 인간관계를 읽어내고 있다. '부스럼처럼 달라붙는 소금 바람'처럼 끈질기게 엉겨 붙는 인연의 끈을 끊어 내고자 하는 시적 자아의 몸부림이 드러난다. 거센 바람과 파도에도 흔들리지 않는 주상절리에 욕망과 인연의 끈을 끊어 버리고자 하는 정신적 의지를 투사하고 있는 것이다. 곧 물질적인 것과 정신적인 것의 동일시 현상이 일어나고 있는 것이다. 이것이 바로 관상학적 인식 방법이다.

　이러한 관상학적 인식은 라은채 시의 상상력의 근간을 이루고 있다. <망상 앞 바다의 파도>에서는 거친 파도에서 인간의 분노를 읽어내고 있으며, <수산시장 왕게>에서는 왕게의 마지막 몸부림에서 인간존재의 허망함을 오버랩(overlap)시키고 있다. 인간은 식탁 위에 오르는 왕게처럼 한치 앞을 내다볼 수 없는 한계적 존재임을 인식하고 있다. <여우비>에서는 귀엽고 앙증맞게 내리는 '여우비'에서 첫사랑의 달콤함과 설레임을 부조(浮彫)하고 있다.

　이처럼 라은채는 인간의 의식 활동과 존재양상을 사물현상에 투입시킴으로써 그 의미의 실체를 좀 더 분명하게 인식하고 형상화해 내는 시적 전략을 구사하고 있다.

3. 감수성의 통합

라은채의 시에서 감각화의 방법은 그의 중요한 시적 전략(poetic strategy)으로 보인다. 시각, 청각, 후각, 촉각 이미지를 동원한 감각적 표현을 통해 대상인식과 시적 형상화가 이뤄지고 있다. 이러한 정신적 이미져리(mental imagery)의 활용은 라은채의 감각능력과 상상력의 단면을 보여주는 것으로써 그의 시세계를 이해하는 중요한 단서가 되고 있다.

어둑새벽 빛살이 주정뱅이처럼 비틀비틀 창문을 두드릴 때

핸드폰 알람 소리에 기상하고 암막 커튼을 열고 커피 물을 끓이고 쌉싸름한 커피가 식도를 타고 흐르고 익숙한 맛에 무장해제 되고 스마트폰 음악 앱을 누르고 옛 노래가 흘러나오고 뱀처럼 갈라진 벽지 사이로 냉기가 스멀스멀 기어 나오고 친근한 노랫가락에 동공은 자석처럼 끌려가고 가슴엔 서걱서걱 서리가 쌓이고 통증으로 가슴이 울컹거리는

흉물스러운 폐가에 혼자 버려진 몹시도 쓸쓸한 아침

-<폐가에서 우울한 아침을>

이 시에서 도저한 감각의 카니발이 현란하게 펼쳐지고 있다. 그야말로 감각의 조형물로 구축된 '감각의 왕국' 같은 느낌을 준다. '빛살이 비틀비틀 창문을 두드릴 때, 핸드폰 알람소리, 커피 물 끓는 소리, 식도를 타고 흐르는 커피향, 스마트 폰에서 흘러나오는 노랫가락, 냉기가 스멀스멀 기어 나오는 벽지, 서걱서걱 쌓이는 서리, 통증으로 울컹거리는 가슴' 등등 미각, 후각, 청각, 시각, 촉각 등 모든 감각기관이 한꺼번에 열린 듯한 감각의 향연이 펼쳐지고 있다. 그야말로 감각화의 절정을 보여준다.

이러한 감각화는 결국 시를 지배하는 비극적이고 비관적인 정서를 극화하는 데 기여하는 한편, 감미로운 시정(詩情)을 펼치는 데도 기여하고 있다. 비록 제목처럼 '폐가에서 우울한 아침'이지만 식도를 타고 흐르는 달콤한 커피향과 스마트 폰에서 흘러나오는 노랫가락으로 인해 쓸쓸하지만 싱그러운 아침을 열 수 있었던 것이다.

이러한 감각화는 곧 감수성의 통합이라는 시적 본질을 선취하는데 기여한다. 17세기 형이상학파 시인들과 20세기 지성파 시인 T.S Eliot가 추구했던 감수성의 통합은 자칫 시가 메마른 기하학적 형이상(形而上)의 전파에 전락하기 쉬운 지성시(知性詩)의 한계를 극복하기 위해 추구된 시적 전략이다. 지성과 논리, 추상의 세계에 촉촉한 감성의 물줄기를 댐으로써 시의 예술성과 감수성의 효과를 이뤄 낼 수 있었던 것이다. 엘리엇(T.S Eliot)의 유명한 말 '사상을 한 다발 장미로 표현하라'가 곧 감수성의 통합을 단적으로 보여준 기본명제다.

다음 시도 감수성 통합의 진경(眞景)을 잘 보여준다.

소리가 문을 밀고 들어온다
육신은 허우적거리며 손을 뻗는다
봄바람에 하늘거리는 실크 스카프처럼
스르르 풀리는 몸의 빗장
끈적한 혈관 속으로 콰르르 쏟아지는 수돗물 소리
무중력 상태의 몸을 감는다
머릿골에 딸칵 걸리는 압력솥 소리

-<소리의 어떤 풍경>

이 시 역시 감각기관이 총동원된 감각화의 시경이 펼쳐진다. 시구 어느 하나 섬세한 감각의 촉수가 뻗치지 않은 데가 없다. 그야말로 오감(五感)의 촉수로 빚어진 시다. 특히 시는 소리, 즉 청각의 미묘한 울림을 잘 포착하고 있다. 곧 '소리의 어떤 풍경'을 섬세하게 포착하고 있는 것이다. <이상의 집>에서는 "직관의 신경세포는 속삭였어/ 여자는 울고 있었고/ 음악은 흐르고 여자는 울고 있는 거야"처럼 음악과 여자의 울음 등 청각, 시각을 통하여 이상의 초상화를 감각적으로 부조(浮彫)하고 있다.

특히 시인은 감수성의 통합을 위해서 커피의 미각과 후각을 활용한다. 라은채의 시 곳곳에 커피향이 그윽이 번지고 있다. <폐가에서 우울한 아침을>이 그렇듯이 <아침에 마시는 커피>는 커피 한잔의 향기가 눅눅한 일상을 녹여내고 있고, <폭염 그 후>도 커피향으로 고달픈 일상을 위로하고 있다. <비오는 밤 동백꽃잎처럼> 역시 커피를 끓이며 오래된 테이프의 음악과 함께 비오는 밤의 외로움과 긴장을 풀어내고 있다. 시집의 제목이 된 <몽니다리 꽃잎과 도마뱀>에서도 역시 커피향이 은은히 번지고 있다. 커피 한잔과 Lp판 음악을 들으며 지난 세월을 되새김질 하고 있는 것이다.

"막 구운 폭신한 빵과 함께/ 뜨거운 커피 한 모금 흘려보낸다/ 무장해제된 말랑한 시간"(<블라인드>)은 커피향이 라은채 시의 감각화를 위해서 어떤 기능을 하고 있는지 선명히 보여주는 대목이다. 갓 구운 빵을 곁들여 마시는 커피 한잔으로 긴장된 일상의 시간은 단번에 무장해제되고 만다. '무장해제' 그 말이 바로 감각화의 기능, 감수성 통합을 표상하는 키워드(key word)다. 무장해제된 일상, 무장해제된 인간만큼 자유롭고 여유로운 풍경은 없을 것이다. 시인이 노리는 감각화의 목적은 바로 여기에 있다. 삶의 여유, 평화로운 일상, 자유로운 인간, 그것이 바로 라은채가 꿈꾸는 시 세계다.

4. 래디컬 이미지(radical image)와 야성적 상상력

이와는 대조적으로 라은채 시에서는 거칠고 역동적인 시어와 이미지들이 자주 동원된다. 원색적 언어와 소재, 래디컬(radical)한 이미지와 상상력, 현란한 카니발니즘이 현란하게 펼쳐지고 있는 것이다. 그리고 이러한 장비와 도구들이 세계관의 지평을 여는데 효과적으로 기능하고 있다. 라은채의 시어는 거칠고 원색적이다.

육지를 향해 질주하는
검푸른 변주곡 너는

절망의 벽을 두드리며
울부짖고 있구나

발톱을 세우고 달려드는 맹수여
수억 개의 공포여
거품 가득한 이빨이여

유리 파편처럼 쏟아지는
광폭한 너울은
기억의 조각을 뚫고
성난 짐승처럼 맹렬히 튀어오른다

무장해제된 신경회로

찢어진 아가미 사이로 철컥

우르르 우르르

-<망상 앞 바다의 파도>

예시처럼 "절망의 벽을 향해 울부짖는 파도, 발톱을 세우고 달려드는 맹수, 거품 가득한 이빨, 유리 파편처럼 쏟아지는 광폭한 너울, 성난 짐승처럼 튀어 오르는 파도, 찢어진 아가미 사이로 우르르 몰려드는 신경회로" 등등 거칠고 역동적인 시어와 이미지가 펼쳐진다. 시 전체가 이러한 역동적 이미지로 구성되어 있다. 망상 해변으로 몰려오는 맹렬한 파도의 모습을 한 마리 맹수의 이미지로 재현하고 있는 것이다. 이러한 묘사는 시적 자아가 기억으로 채색된 절망의 벽을 부수려 하나 결국 절망에 부딪히고 만다는 좌절감을 부조하기 위한 것이다. 결국 관상학적 상상력을 부각하기 위한 시적 전략이었던 것이다.

<남만서점> 역시 시 전편이 역동적 이미지로 엮여 있다. 역동성을 넘어서 폭력성을 동반한 래디칼 이미지가 펼쳐진다. "황소등가죽처럼 누런 서적들이/ 무덤처럼 누워 있는 그곳/ 음습하게 똬리를 튼 먼지를 털어내며/ 검은 벌레의 사체가 가루가 되어 날아갑니다"처럼 그야말로 음습하고 섬찍한 시경이 펼쳐지는 것이다.

<남만서점>은 1930년대를 대표했던 시인 오

장환이 경영했던 서점이었던 바, 그의 테카당틱 (decadantic)한 시세계를 소환하기 위해서 을씨년 스런 '남만서점'을 래디칼 이미지로 재구하고 있다. 오장환이 즐겨 읽던 에세닌 시집에 검은 벌레의 사체(死體)가 가루가 되어 날아가고, 애독하던 보들레르 시집도 표지가 톱니처럼 뜯겨져 있고 오장환의 시집 『헌사』도 을씨년스럽게 방치되어 있다.

헌사 표지의 화려한 문양은 먼지 속에서
묵묵히 주인을 기다리고 있는데
실내의 냉기는 구렁이처럼 흐물흐물
아가리 벌린 벽을 타고 싸늘히 흐르고 있네요

나는 오늘도 쓰고 또 쓰면서
박제된 짐승 되어 말라버린 무처럼
누렇게 늙어가고 있습니다

-<남만서점>

또한 시인은 지금은 흔적도 없이 사라진 '남만서점'을 시적 소재로 차용해 존재의 무상함을 역설하고 있다. "시집 헌사는 먼지 속에서 화려한 문양을 잃고 주인을 기다리고" 있고, 남만서점의 냉기는 "구렁이처럼 흐물흐물 아가리 벌린 벽을 타고 싸늘히 흐르고"있다는 표현을 통해 "박제된 짐승 되어 말라버린 무처럼 늙어가는" 존재의 본질을 재확인하고 있다.

그리고 괴기스럽고 섬찍한 폭력적 이미지로 오장환을 소환하고 있는데. 그것은 거친 삶을 살았던 오장환의 생애, 퇴폐와 환락에 심취했던 청춘기, 보들레르류의 데카당 시에 탐닉했던 시 편력을 환기하기 위한 전략으로 보인다. 이러한 래디컬한 이미지와 시어를 통하여 오장환의 삶과 시세계가 생생하게 소환될 수 있었던 것이다. 시인의 폭력적 이미지의 구사가 단순한 관념유희가 아니었음을 증명하고 있는 것이다.

그밖에 많은 시에서 이러한 거친 시어와 역동적 이미지, 야성적 상상력이 드러난다.

칼춤 추며 부서지는 장대비 해일처럼 몰려온다
　-<몽니다리 꽃잎과 도마뱀>

열차의 유리창을 관통한 육신은 박제된 화석처럼 음습하다 / 어둠 속을 미라처럼 표류한다. 흉흉한 시선
　-<박제된 자화상>

늙은 여자의 눈물은 파도처럼 튀어 올랐어
　-<이상의 집>

어둑새벽 빛살이 주정뱅이처럼 비틀비틀 창문을 두드릴 때
　-<폐가에서 우울한 아침을>

이파리 하나 바싹 마른 지렁이 사체 위로 떨어진다
-<폭염 그 후>

미완의 단어를 할퀴며 피투성이로 살아온 시간
-<수행의 시작>

차도까지 잠식한 낙엽은 몰락한 계절의 구토인가
-<도시의 황혼>

붉은 온기로 활활 태운다. 온몸의 혈관이 타 오른다
-<블라인드>

예시처럼 역동적이고 파괴적이며 폭력적인 시어와 이미지들이 시 전편에 편재(遍在)해 있다. 이러한 시어와 이미지들이 야성적 상상력의 근간을 이루고 있다.

그렇다면 왜 시인은 이러한 조야하고 거친 시어들을 선택했을까. 그 해답은 그네 시의 본령인 일상시 또는 생활시에 있다. 삶의 현장, 일상의 저변에 시인이 서성거리는 한 거친 시어의 발설은 당연한 결과이다. 또 그것은 삶의 현장성과 생의 역동성을 포착하는 데 효과적이다. 거친 물고기를 잡기 위해서 거친 그물이 필요한 것이다. 따라서 그의 조야한 시어 선택은 삶의 현장성을 제고하기 위한 시적 전략이었다.

세속적 가치관과 제도적 타성에 짓눌린 인간성

과 정신의 자유를 찾기 위한 몸부림인 것이다. 라은채의 야성은 그의 시가 삶의 생생한 현장에 뿌리를 내리고 있기 때문에 빚어지는 것이며 또한 그것이 방법론적인 무기들에 의해 더욱 빛나고 있다. 시어와 이미지, 상상력과 기법이 효과적으로 동원되고 있음이 확인된다. 세계관과 방법론의 긴밀한 조우를 우리는 라은채 시에서 만날 수 있다. 빛나는 야성은 빛나는 삶의 진실에 이르는 최선의 길임을 시인은 보여주고 있다.

5. 므네메적 회상구조(mnemonic system)

라은채의 시를 읽다 보면 시인 자신이 Mnemosyne(기억의 여신)에 신들려 있는 느낌이 든다. 라은채는 종종 빙신(憑神) 상태에서 과거의 뜨락과 회억(回憶)의 공간에서 서성거리고 있다. 시간의 가치 정향(定向) 면에서 볼 때 라은채 시는 과거의 공간에 뿌리를 내리고 있다.

카시러(Cassirer)는 기억의 문제를 므네메(mneme)적 생물학의 개념과 인간학적 개념으로 대비시켜 고찰한 바 있다. 므네메란 유기체에 일어나는 여러 변화 속에서 여러 사건을 보존하는 원리로서, 기억은 자극 → 인상(engram) → 유기체의 반작용의 과정을 걸쳐 일어난다. 곧 기억은 엔그램의 연쇄인 것이다. 이 엔그램의 연쇄, 곧 므네메적 원리가 라은채 시의 상상체계를 구성하고 있다. 현

재에서 과거에로의 의식공간의 이동, 즉 회상구조
가 라은채 시세계의 구조적 특징으로 드러난다.

톱밥처럼 하얗게 일어난 두 손을 비비며 달려왔지
꽁보리밥이 쌓여 있는 양은도시락에 시선을 모은 채
서서히 풀리는 얼어붙은 손

옷걸이에 걸린 주인 없는 옷처럼
헐렁한 어깨를 흔들며 단발머리를 흥얼거렸지
정갈한 교복에 가지런히 실핀을 올려 꽂은 단발머리
소녀들
검은 조개탄이 붉게 산화되고 있는
잉걸불 주변으로 왁자지껄 모여들었지
살굿빛 두 볼에 발그레 피어나는 웃음꽃
서걱한 물고구마 베어먹던 물컹한 기억의 퍼즐 조각들
소녀는 눈을 감았지

행복의 무게는 시간의 속도에 역행하는 것
까마득히 지나온 시절에 대한 회상은
찢어진 벽지에 움튼 곰팡이만큼 성가신 것
주름진 얼굴에 번진 기미만큼이나 서글픈 것
푹 늘어진 노인의 눈꺼풀만큼이나 처량하고 불편한 것

-<그대는 행복한가요>

시인은 단발머리 시절의 추억에 잠겨있다. 꽁보

리밥이 가득한 양은도시락을 조개탄 난로 위에 올려놓고 웃음꽃을 피우던 단발머리 학창시절을 떠올리고 있다. 비록 양은도시락에 꽁보리밥을 먹던 가난한 시절이지만 "살굿빛 두 볼에 발그레 웃음꽃"을 피우며 행복을 나누던 소녀시절을 그리워한다. 이제 그 소녀는 어른이 되어 "서걱한 물고구마 베어 먹던 물컹한 기억"들을 퍼즐 조각처럼 맞추며 회상에 잠겨있다. "정갈한 교복에 가지런히 실핀을 올려 꽂은 단발머리"에서처럼 순수하고 해맑던 시절보다 더 아름다운 때는 없었을 것이다.

그래서 시인은 "행복의 무게는 시간의 속도에 역행하는 것"이라 노래하고 있다. 세월이 흐르고 나이를 먹어가면서 행복의 무게는 점차 줄어든다. 지난 시절의 회상은 "성가시고, 서글프고, 처량하다"는 표현은 역설적 표현이다. 지난 시절의 회상에서 오는 현실의 모습이 곰팡이처럼 성가시고, 기미만큼 서글프고, 처진 눈꺼풀만큼 처량하다는 뜻을 내포하고 있다. 과거 회상에서 현실의 누추한 모습을 역설적으로 반추하고 있는 것이다. 시인은 서글프고 처량한 현재의 모습을 과거 단발머리 시절의 추억에서 위로 받고 있는 것이다.

비 내리는 화요일을 기다리는
무의지적인 기억

삭제된 기억 속에 파문을 그리며

달맞이꽃처럼 볼 밝히며 떠오르는 그 미소
첫 만남의 그 미소 때문인 거지

-<화요일엔 비>

아마도 시인이 첫사랑을 만난 것이 '비 내리는 화요일'이었던가 보다. 그래서 비 내리는 화요일이면 '무의지적'으로 그 첫 만남이 떠오른다. 그러면 자신도 모르게 달맞이꽃처럼 볼을 밝히며 미소를 짓게 된다. 미소는 첫 만남을 가졌을 때의 바로 그 미소다. 이처럼 이 시도 므네메에 신들린 빙신(憑神) 상태의 감정을 드러내고 있다.

<광화문 별리>에서도 '송이송이마다 떠돌던 추억의 기표는/ 내 귓가에 심장에 /도둑비처럼 흘러들었다'라고 노래하고 있다. 초겨울에 눈 내린 광화문을 걸으며 나누던 눈꽃 같은 만남을 회상하고 있는 것이다. <몽니다리 꽃잎과 도마뱀>에서는 비 오는 날 커피 한잔을 마시며 지난 세월을 떠올리고 있고, <이상의 집>에서는 음악과 여인을 통해 이상의 기억을 더듬고 있다. <소리의 어떤 풍경>은 중년이 된 일상의 남편이 과거의 멋진 청년으로 현신하는 꿈을 꾸고 있다. 현실에 찌든 누추한 남편이지만 한때는 아름다운 영혼을 가진 멋진 청년이었던 것이다.

저 옛날, 시장통에서 엄마의 손을 놓치고

엉엉 울었던 어릴 적 공포가
그 억제할 수 없는 일곱 살 적 설움이
시간의 격동을 끊고
회오리바람처럼 폐부를 급습한다
아 엄마엄마 우리 엄마

-<어머니의 고갯마루>

오랜 시간이 흐른 뒤에도
가슴 속에서 끄집어낸 누추한 것들이
이토록 뜨거울 수 있다면

-<뜨거운 것들에게>

기억하는가 너는
솜사탕 같은 하이얀 꽃잎의 사랑을

-<조팝꽃 떨어질 때>

  <어머니의 고갯마루>는 어린 시절 시장통에서
엄마 손을 놓쳤던 공포가 트라우마가 되어 지금도
회오리바람처럼 몰아쳐 오는 경험을 토로하며 어
머니에 대한 그리움을 표출한다. <뜨거운 것들에
게>는 비록 과거에는 누추한 것들이지만 오랜 세
월이 지난 지금에는 가슴을 뜨겁게 적시는 아름다
운 추억이 되고 있음을 노래하고 있다. <조팝꽃 떨

어질 때>는 조팝꽃을 닮은 솜사탕 꽃잎 사랑을 회억하며 행복에 잠기고 있다.

이처럼 라은채의 시는 므네메 신이 지배하는 회상의 왕국, 회억의 성터를 굳건하게 구축하고 있다. 비오는 날이면 그 추억의 성을 서성거리고 있는 시인을 만날 수 있다.

몽니다리 꽃잎과 도마뱀

초판 1쇄 발행일   2019년 10월 1일

지은이   라은채
펴낸이   곽혜란
편집장   김명희

도서출판 문학바탕

주소   (06148) 서울시 강남구 테헤란로 51길 23 금영빌딩 5층
전화   02)420-6791
팩스   02)420-6795

출판등록   2004년 6월 1일 제 2-3991호

ISBN   979-11-86418-40-6   03810
정가   10,000원

이 도서의 국립중앙도서관 출판예정도서목록(CIP)은 서지정보유통지원시스템 홈페이지(http://seoji.nl.go.kr)와 국가자료종합목록 구축시스템(http://kolis-net.nl.go.kr)에서 이용하실 수 있습니다. (CIP제어번호 : CIP2019037673)